T5-DHD-608

# Moi, j'ai rendez-vous avec Daphné

collection libellule

sous la direction de
Yvon Brochu

R-D création enr.

# DE LA MÊME AUTEURE

Chez Héritage

*Alfred dans le métro*, 1980

*Opération Marmotte*, 1984

*L'ascenseur d'Adrien*, 1985

*GroZoeil mène la danse*, 1989

*Une lettre dans la tempête*, 1990

*Jules Tempête*, 1991

Chez d'autres éditeurs

*Histoire d'Adèle Viau et Fabien Petit*,
    éditions Pierre Tisseyre, 1982

*Un chien, un vélo et des pizzas*,
    Québec Amérique 1987

*Doux avec des étoiles*,
    éditions Pierre Tisseyre, 1988

*Le passager mystérieux*, Ovale, 1988

*Clémentine clin d'œil*, Casterman, 1991

*Le champion des bricoleurs*,
    Québec Amérique, 1991

*Une barbe en or*, HMH, 1991

*Racomptines,* Raton Laveur, 1993

# Moi, j'ai rendez-vous avec Daphné

Cécile Gagnon

*Illustrations*
Daniel Dumont

**Données de catalogage avant publication (Canada)**

Gagnon, Cécile, 1938-

Moi, j'ai rendez-vous avec Daphné

(Collection Libellule)
Pour les jeunes.

ISBN : 2-7625-4059-3

I. Titre. II. Collection.

PS8513.A345M64 1994      jC843'.54           C94-940108-0
PS9513.A345M64 1994
PZ23.G33Mo 1994


Conception graphique de la couverture : Flexidée
Illustrations couverture et intérieures : Daniel Dumont

Édition originale : © Les éditions Héritage inc. 1987
Réédition : © Les éditions Héritage inc. 1994
Tous droits réservés

Dépôts légaux : 4e trimestre 1994
Bibliothèque nationale du Québec
Bibliothèque nationale du Canada

ISBN : 2-7625-4059-3        Imprimé au Canada

LES ÉDITIONS HÉRITAGE INC.
300, Arran, Saint-Lambert (Québec) J4R 1K5
(514) 875-0327

*À Miquette*

# CHAPITRE

Noémie glisse une feuille de papier dans la machine à écrire et commence à taper. Clic! Clic! Clac! Les touches font un bruit sonore, les mots s'alignent sur le papier. Noémie soupire. C'est difficile de traduire en paroles tout ce qui fourmille en dedans.

Il y a quelques mois déjà, Noémie a décidé de devenir écrivaine. Alors, elle s'est installée dans un grenier qu'elle a hâtivement meublé d'une table et d'un étrange fauteuil récupé-

ré sur le trottoir un soir de ramassage «de gros déchets». On trouve aussi un matelas posé par terre avec un édredon rose dessus, des coussins, des livres un peu partout ; des dictionnaires et deux ou trois albums de bandes dessinées cachés sous des recueils de poésie. Un téléphone tout noir, et puis du papier partout. Des feuilles et des feuilles de papier blanc, en piles, en paquets, dans tous les coins et les recoins, sur et sous la table.

Au milieu des papiers trône une vieille machine à écrire, ni silencieuse ni électrique, mais qui fait des mots quand même quand on sait comment. Noémie travaille.

Au bout d'un moment, la machine à écrire cesse de trépigner. Il y a des boules de papier froissé partout autour de la table. Noémie est découragée. Elle soupire à nouveau. Il faut dire que Noémie ne sait pas encore très bien quelle sorte de littérature choisir. Le roman? le théâtre? la poésie? Tous les genres la tentent. Mais écrire un roman, c'est long et pour rédiger une pièce de théâtre il faut connaître à fond les secrets de la scène. La poésie, ce n'est pas trop fatigant, sauf quand il s'agit de trouver des rimes. Mais ce qui est bien avec la poésie, c'est qu'on peut parler de tout et de n'importe quoi : la fenêtre, ton vélo, les pieds du voisin peuvent devenir le sujet d'un poème. C'est bien commode pour démarrer dans le monde littéraire.

Noémie se remet à taper. Le clic-clac de la machine à écrire alterne avec les soupirs. Soudain on frappe à la porte. Un grand type avec une barbe se tient sur le seuil. Il dit :

— Ça va? Regarde, c'est pour toi.

Il tend ses deux mains vers Noémie : dedans on distingue une boule grise. Noémie a un mouvement de recul.

— C'est quoi ? demande-t-elle légèrement agacée de l'interruption.

Dans les grandes mains du barbu, une tête se soulève et deux triangles pointus se dressent.

— Ohhhhhhhhhh ! un minou ! fait Noémie.

Un tout petit chat gris et noir saute par terre et se met à faire le tour de la pièce comme s'il était chez lui.

— Je te le donne, dit le grand type d'un ton généreux.

Ça fait bien d'avoir un chat quand on est écrivain. Les artistes ont toujours des chats qu'ils dessinent ou décrivent dans de longues œuvres émouvantes, même des matous ordinaires.

— Comment je vais l'appeler ? s'écrie Noémie tout excitée.

— Pourquoi pas Manuscrit ?

— Non... Parchemin... Ou bien Chaq'Spire.

— Moi, je l'appellerais Victor Hugo, c'est un mâle.

— Ouache ! c'est trop long.

# CHAPITRE

Pour un jeune chat plein d'avenir, ça n'a pas été drôle de tomber dans une maison pareille. Pas de télé, pas de tapis moelleux. Mais au moins il faisait chaud et puis, il faut dire que j'étais à l'âge où tout ce qui est nouveau semble beau.

Dès la première heure, j'ai repéré le placard de la cuisine, les bons coussins, le radiateur (celui qui n'est pas détraqué) et le robinet qui fuit dans la baignoire, ce qui me permet de boire quand j'ai soif.

Après une longue conversation sur l'art d'écrire, sur la poésie et l'assurance-chômage, le barbu est parti et Noémie m'a trouvé un nom. Je me suis appelé GroZoeil. Ça me va bien à cause de mon visage: tu vois comment je suis? En tout cas, j'aime mieux ça que Victor Hugo!

À partir de ce moment, ma vie d'«artiste» a commencé. Noémie m'a donné une assiettée de papier au lait; c'était pas mal. Après, je me suis couché en rond sur le coussin violet.

Noémie travaille comme une déchaînée. Ses doigts gigotent et parcourent les touches à un rythme effréné. La machine à écrire est en activité du matin au soir. Clac! Clic! Clac!

Quand elle travaille, Noémie ne parle pas, sauf la fois où elle avait l'air pas contente et où elle s'est mise à crier des mots pas possibles :

— Virouette de tornon de maudite poésie à m...

Ensuite elle a dit, changeant de ton :

— GroZoeil, penses-tu que j'ai du talent pour la poésie ? Aaaacsh ! (soupir), je n'y arriverai jamais !

Moi, j'ai répondu un petit miaou très faible qui ne voulait rien dire, parce que je ne comprenais rien à son discours.

— Je vais retourner travailler chez Provigo si ça continue ! s'est exclamée Noémie en soupirant encore.

Décidément, il y a beaucoup de soupirs dans cette histoire. C'est fameusement embêtant à transcrire. Établissons un code entre nous, veux-tu? Chaque fois que tu vois , tu lis : SOUPIR, ce qui signifie découragement ou tristesse profonde. D'accord?

Finalement, c'est la poésie qu'elle a choisie, Noémie. Je le sais parce que, d'abord, elle m'a expliqué les différents genres d'écriture. Puis, à la fin de la journée, elle me lit ce qu'elle a écrit. Même qu'on a mis au point un programme : quand le soleil descend dans la fenêtre, je coupe court à mes tournées d'exploration et je me cale dans le coin près de la table. Noémie commence :

— Hum! GroZoeil, écoute ça, c'est génial.

*Dans la nuit glaciale du pôle*

*Deux ours couchés, épaule contre épaule,*

*Remettent en cause l'humanité*

*Cherchant le moyen de la supprimer.*

Je me suis mis à jouer avec une boule de papier. Noémie s'est vexée et m'a crié :

— Tu n'écoutes même pas...

Mais moi, je sais que ce n'est pas génial, enfin... ça ne me remue pas les tripes, les ours polaires. Les boules de papier qui traînent partout sont bien plus amusantes. J'aurais bien voulu l'encourager Noémie, mais je n'ai pas réussi à sortir un seul miaou-compliment. Le cœur n'y était pas. Pour me racheter et me faire pardonner mon indifférence, ce soir, je mangerai mon papier au lait avec appétit. J'espère que ce ne sera pas la page avec les deux ours couchés. C'est un peu lourd à digérer.

Après, j'ai eu la paix parce que le téléphone a sonné.

# CHAPITRE

FRENCH IMMERSION DEPT.
DARTMOUTH DISTRICT SCHOOL BOARD

Dring... dring... dring.

— Allô! Ah! que je suis contente de t'entendre, Suzette! Si tu savais comme... Quoi? Tu as trouvé du travail? Où ça? À faire quoi?

— ...

— Toi qui voulais être comédienne. Tu laisses tomber?

— ...

— C'est quoi ton salaire ?

— ...

— Ouache ! Tu en as de la chance !

— ...

— Moi, j'essaie d'écrire. Même si on sait comment faire, ce n'est pas si simple. Tu te souviens des cours de créativité ? Ouin... bien sûr. J'ai des idées mais j'ai des difficultés avec les mots.

— ...

— Ah ! je sais, tout le monde parle rien que de ça ! François, Jean-Yves, Line, ils écrivent tous avec des ordinateurs et des programmes de traitement de textes. Hein ?

— ...

— VRAIMENT! C'est peut-être une idée à explorer. Je suis justement bloquée sur une rime.

— ...

— Attends, je prends ça en note : ban-que de ter-mi-no-lo-gie, pas trop vite... tu penses vraiment qu'on peut appeler? O.K. C'est quoi le numéro? L'Office de la langue française? Tu parles! Oui, oui... je le prends aussi. Ser-vi-ce des Con-sul-ta-tions.

— ...

— C'est bien beau, mais il n'y a personne qui écrit à ta place dans ces boîtes-là. Ils ont les mots, d'accord, mais pas les idées!

— ...

— Oui, je persiste encore... t'es gentille de m'encourager. Viens me

voir après ton travail, tu me raconteras comment on devient conseillère en entretien ménager (c'est-à-dire vendeuse d'aspirateurs). 🐑

Sur le papier resté dans la machine à écrire, Noémie a retranscrit au propre le poème qui attend sa rime.

*Les hommes sont une grave menace.*
*Bêtes à poil et à plumes, poussons!*
*Qu'ils basculent au bout de l'horizon...*

Elle ramasse les boules de papier sous la table, sert à GroZoeil sa pâtée de papier au lait puis elle va se coucher sous l'édredon rose. À la fenêtre, GroZoeil regarde les toits qui brillent sous l'éclat de la lune. Tiens! c'est ouvert.

# CHAPITRE

Bon ! me voici de retour. Ah ! que j'en ai vu des choses ! J'ai marché sur des corniches, grimpé sur des lucarnes pointues, même escaladé un arbre et réveillé un écureuil. La lune est restée bien accrochée dans le ciel exprès pour éclairer les chemins secrets entre les cheminées et les antennes de télé.

Après une longue balade, j'ai entendu comme une musique qui venait de derrière la cheminée de

briques rouges. Je suis allé voir, tout doux sur mes pattes feutrées. J'ai découvert Daphné. Elle dansait, dansait en faisant des tourbillons et des virevoltes terribles. Extraordinaire... Elle fredonnait des airs merveilleux pour s'accompagner.

Mi-mi-mia-a-ou-ou, mi-mi-a-a-a-a-ou!

J'ai toussé pour qu'elle me remarque. Ses yeux ont fini par se poser sur moi et on a fait connaissance. Daphné habite l'Astoria, là-bas. C'est le cinéma. Elle m'a raconté des choses étonnantes. Elle m'a parlé de films, de vedettes, elle m'a même chanté des chansons. Enfin, elle m'a dit:

— Je vais t'apprendre à danser.

Je suis resté bouche bée. Ah! qu'elle est jolie, Daphné! J'en ai le cœur tout retourné. Quelle affaire! La

nuit prochaine j'apprends à danser. N'est-ce pas formidable?

Regardez-moi ça toutes ces feuilles pleines de mots! Papier ou pas, moi, il faut que je m'étire, que je fasse des exercices de gymnastique. Un danseur doit être souple!

Maintenant, je vais dormir pour être en superforme. J'espère que Noémie ne va pas trop me casser les oreilles avec le clic-clac de sa machine et avec ses poèmes débiles.

# CHAPITRE

— GroZoeil, tu es un affreux! Regarde ce que tu as fait sur mes papiers! Tu pourrais pas dormir la nuit comme tout le monde au lieu de te promener partout?

— Mia-ou-ou-ou! (Ça veut dire: jalouse!)

— Pis, en plus, c'est sur la copie propre. Impossible d'effacer: il va falloir que je recommence! Mais attends donc une minute...

Noémie prend la page tachée entre ses mains, l'examine avec attention.

— Qu'est-ce que j'ai dit? EFFACER? GroZoeil! Je l'ai, je l'ai la satanée rime! Et c'est grâce à toi, GroZoeil! Écoute ça:

*Les hommes sont une grave menace.*
*Bêtes à poil et à plumes, poussons!*

*Qu'ils basculent au bout de l'horizon,*

*De la terre effaçons leur trace.*

— Youppi! tu vois, avec la trace de ta patte, là, sur ma feuille... Ah! GroZoeil, tu es un chat exceptionnel! Je t'aime! Je t'adore! Tu as trouvé ma rime.

Clic! Clic! Clac! Noémie recopie ses poèmes avec enthousiasme. Elle les lit tout haut une dernière fois avant d'aller faire photocopier le manuscrit et l'expédier par «poste prioritaire» à un éditeur. GroZoeil sait que l'heure de l'écoute-appréciation est arrivée. Il essaie tant bien que mal de se cacher sous un coussin pour ne pas entendre mais il entend tout de même. Pour calmer ses nerfs et réprimer son envie de hurler à la mort, il met toute son énergie à grignoter le

fil du téléphone qui passe par là.
Noémie n'a rien vu...

— C'est bon, hein? GroZoeil,
qu'est-ce que tu en penses? Ça va
faire un malheur dans les librairies,
hein?

GroZoeil tente de formuler une
espèce de jappement pour cacher son

profond dégoût. Mais, en matière de jappements, les chats ne sont pas très forts. Alors Noémie croit au grognement qu'émet celui qui est pleinement satisfait.

— Ah! tu es un ange, GroZoeil! Je t'aime...

Radieuse, Noémie glisse ses feuilles dans une enveloppe et dévale les marches de l'escalier pour arriver à la poste avant la fermeture.

La nuit va bientôt tomber. Il ne reste même plus de papier dans l'assiette du chat.

# CHAPITRE

Le lendemain, la journée a été très quelconque. D'abord je me suis fait incendier par Noémie pour avoir coupé le fil du téléphone.

— Et ce n'est vraiment pas le moment, a-t-elle crié. Tu sais bien que j'attends des nouvelles de l'éditeur!

Noémie était très fâchée. Elle m'a envoyé tous les coussins par la tête. Puis, le calme s'est rétabli. Un technicien est venu poser un fil neuf et Noémie m'a fait un sermon long comme ça pour me dire de ne plus jamais bouffer du fil de téléphone. Puis, j'ai eu droit à du papier au café (yeurk !) pour déjeuner parce qu'il n'y avait plus de lait.

Une longue attente a commencé pour Noémie. Elle espère que l'éditeur l'appellera pour lui dire si ses petits bouts de papier noircis de mots vont avoir le suprême bonheur d'être transformés en livre. Elle ne quitte plus la maison.

— Je vais prendre ma douche. Si le téléphone sonne, GroZoeil, viens m'avertir. Ah ! que c'est long, attendre !...

Le téléphone n'a pas sonné de la journée. Noémie est de plus en plus nerveuse. Elle marche de long en

large, elle se ronge les ongles. Tout d'un coup elle décide de faire le ménage de sa table de travail. Et c'est un branle-bas général dans les feuilles de papier.

— À la poubelle, les numéros de téléphone! Je n'en ai plus besoin. C'est toi, GroZoeil, mon inspiration: tu vaux mille fois mieux qu'une banque de terminologie!

Vous avez entendu ça? C'est le premier compliment que je reçois de ma vie! Après l'engueulade de ce matin, ça remet le cœur en place.

— Je vais commencer autre chose pour tuer le temps, dit Noémie. Un récit, cette fois; peut-être un conte...

Clic! Clic! Clac!

Dis donc! Si elle se met à tuer du monde, au moins ça va être palpitant.

# CHAPITRE

La sonnerie du téléphone m'a réveillé. J'ai ouvert les yeux et j'ai vu le visage de Noémie complètement transformé : des pastilles rouge feu se dessinaient sur ses joues, ses yeux étaient ouverts si grands que j'avais peur qu'ils ne roulent par terre, sa bouche a mis un temps fou à se refermer.

La main qui tenait l'écouteur s'est mise à trembler.

Enfin, elle a prononcé d'une voix blanche d'émotion :

— Oui monsieur, je suis d'accord... c'est parfait.

Aussitôt que la conversation a pris fin, la situation est devenue intenable dans la maison. Tous les papiers de la table (qui étaient empilés proprement

pour une fois) volaient partout. Noémie s'est mise à danser en chantant à tue-tête au milieu d'un véritable tourbillon d'automne. Je ne savais plus où me cacher.

L'éditeur a dit OUI. Noémie publie ses poèmes. Un livre avec son nom sur la couverture va voir le jour et Noémie est désormais consacrée ÉCRIVAINE!

J'ai fini par saisir tout ça à travers les sonneries du téléphone, les exclamations, les cris de joie, les envols de feuilles au plafond. Puis, dans son exaltation bruyante, Noémie m'a fait une confidence inattendue:

— Avec mes premiers droits d'auteure, je vais t'acheter un gros coussin en mohair!

C'est pas pour demain! ☁ (Moi aussi, il m'arrive de soupirer.)

Pendant quelques heures, Noémie a perdu un peu la tête. Puis, elle s'est calmée. Comme j'avais faim, elle m'a préparé une platée de papier au beurre d'arachides. C'est pas fameux.

Une fois les simagrées terminées (j'ai été obligé de participer à la danse), elle s'est remise avec ardeur à la machine à écrire. Clic! Clic! Clac! Le calme après la tempête, quoi! Noémie a choisi de raconter le rêve qu'elle faisait quand elle était petite. Ça commence comme ça :

*Très très loin, au milieu de la mer, il y a une île. Je crois qu'on n'a même pas pris la peine de l'indiquer sur les cartes géographiques tellement elle est petite.*

*Il ne pousse qu'un seul arbre sur l'île et dans l'arbre loge un oiseau étrange, un vautour, je crois.*

*Je suis toute seule ici. Un matin, j'ai ouvert les yeux : j'étais couchée sur le sable et mes pieds trempaient dans l'eau. J'ai un vague souvenir de tempête, de cris perçants dans la nuit, mais rien d'autre. J'ai sans doute fait naufrage.*

*Ça ne m'embête pas du tout d'être toute seule sur cette île. J'adore les poissons-volants. Et puis, je n'ai plus besoin de bien me tenir à table et d'apprendre mes leçons. D'ailleurs, je suis certaine que c'est une île de pirates ici. Il doit y avoir un trésor caché ou même plusieurs trésors enfouis dans le sable.*

*Comme il n'y a personne, pour le moment, je vais en profiter pour creuser...*

Pendant que Noémie écrit, je surveille une grosse mouche noire que je me propose d'aplatir dans un instant.

Noémie travaille très tard ce soir. Le soleil est couché depuis longtemps. Oh! elle peut toujours continuer ses écritures! Moi, j'ai rendez-vous avec Daphné.

# CHAPITRE

Noémie a été invitée par la librairie du quartier à signer son œuvre pour d'éventuels lecteurs.

Venez rencontrer

*Noémie,*

auteure de :

## VIVES VOIX POUR
## REFAIRE LE MONDE

jeudi de 17 à 18 heures

Entre dix-sept et dix-sept heures trente, trois personnes sont entrées dans la librairie : un veilleur de nuit qui voulait un roman policier, un étudiant qui cherchait le magazine CROC et une petite vieille qui a feuilleté bravement le livre de Noémie en lui adressant un énorme sourire.

Ensuite, beaucoup d'amis de Noémie sont venus à la librairie pour l'encourager et la féliciter. Ils n'ont pas acheté son livre, eux non plus, mais ils l'ont lu quand même, debout dans un coin ; ce n'est pas long à lire quarante pages de poésie.

Suzette, l'amie de Noémie, est arrivée avec Marie-Neige, sa petite fille. Marie-Neige est une habituée des librairies parce que sa mère a plein d'amis qui écrivent ou qui parlent d'écrire des livres. Marie-Neige a regardé Noémie en pleine face. Sa mère a dit :

— Marie-Neige, dis bonjour à Noémie. Tu vois son beau livre, c'est

elle qui a écrit tout ce qu'il y a dedans.

— C'est quoi? a demandé Marie-Neige, les yeux brillants.

— Des poèmes.

— Ah! a dit Marie-Neige, et ses yeux ont cessé de briller. Vas-tu faire une B.D.?

— Euh!... je ne sais pas, a répondu Noémie.

— Sais-tu écrire des histoires de monstres?

— J'sais pas, a balbutié Noémie.

— Moi, a continué Marie-Neige, j'aime juste les histoires de monstres. Ceux qui écrivent ça, c'est des vrais écrivains. La poésie, c'est plate!

Et Marie-Neige a filé au fond de la librairie où se trouvent les présentoirs d'albums illustrés.

# CHAPITRE

Daphné est une passionnée de comédies musicales. Elle en a vu des centaines au cinéma. Elle me les a toutes résumées. Mon apprentissage n'a pas été trop long. Daphné dit que je suis extrêmement doué pour la danse.

Plusieurs fois, pendant la séance de 21 heures, Daphné m'a emmené danser devant l'écran de l'Astoria. Mais on s'est fait lancer des claques

et des chapeaux. Alors, on a dû quitter le cinéma.

Cette nuit, j'ai invité Daphné chez moi. On est entrés sans bruit par la fenêtre. Noémie dormait à poings fermés, son nouveau bouquin en pile près de son lit.

La lune veillait. La machine à écrire, sur la table, luisait de toutes ses touches. Daphné était enchantée de cette piste de danse originale. Entraînés par la musique qui venait du quatrième grenier où une insomniaque laisse sa radio en marche toute la nuit, on a dansé divinement sur les touches. De temps en temps, je scandais le rythme en tapant sur le rouleau. Ah! quelle nuit nous avons passée ensemble!

Mais les bonnes choses ont une fin: le jour s'est levé. Daphné est partie, la radio s'est éteinte. Et Noémie s'est réveillée.

Encouragée par ses succès de la veille (elle a vendu un livre au frère du cousin de sa mère), elle était de super bonne humeur. Elle m'a fait des caresses et m'a présenté une assiette de rognons au papier qui ne m'a pas laissé insensible.

Puis, sa tasse de café à la main, elle s'est assise à sa table de travail. Et là, soudain, j'ai eu conscience qu'une catastrophe se préparait. Noémie s'est penchée sur la feuille de papier qui était restée dans la machine tandis que je dansais avec Daphné. J'ai filé sous le plus gros des coussins, car je savais bien que j'allais encore me faire gronder à cause du barbouillage.

Noémie est restée penchée sur la feuille pendant de longues minutes ; un silence de mort régnait dans la maison. J'ai risqué un œil : elle souriait. Je l'ai entendue murmurer : des... histoires... de monstres...

Noémie a lu et relu la page. Voici ce qu'il y avait dessus :

l.e. xxXXxxxxxxs a b l e . ...au ...FFF

F.O.N.D dddddddddddddd
                    u        ; ;' ; ; ;TROU 777 &

          MAIN.
U N E . ....... .....vvvvvvver teeeeeeeeee

        **.*****
é é                 eeeeeeeeee
e ééémerge.....
                                    e t ......
                                . et
                                       et

SAISIT
   SAISIT          SAISIT MMmmmmmmmmma        ma
.........

C H E VILLE ¢********** LES         **********
                                      dix . ...

M onst res vvvVVVVERTS        VVVVVVerts
a pproche nt !!!!!.... ¢ ¢************ **

62

# CHAPITRE

Noémie a écrit toute la journée. Clic! Clic! Clac! Et clac! et clic! À la séance de lecture, GroZoeil est enchanté.

*Les êtres verts m'encerclent. Leurs yeux énormes me fixent et leur bouche baveuse émet des sons étranges.*

— Mia-wow! mia-wow! un chef-d'œuvre!

Noémie a écrit une effrayante histoire de monstres. GroZoeil ressent un immense plaisir (enfin) à écouter comment les monstres verts envahissent l'île, s'étirent et se déforment pour emporter...

Mais Noémie s'arrête de lire. Elle réfléchit et dit :

— Ça va faire une histoire pour les enfants. Je ne sais pas si c'est vraiment une bonne idée d'écrire une chose pareille, ça fait pas sérieux.

GroZoeil reprend sans hésiter ses encouragements :

— Mia-WOW ! mia-wow ! mia-WOW !

Pour une fois que ça valait la peine d'écouter !

Noémie regarde GroZoeil droit dans les yeux.

— Tu as peut-être raison... comme Marie-Neige. C'est pas aussi bien que la poésie... mais... on pourrait mettre des images superdrôles! Ah! GroZoeil, c'est encore toi qui m'as guidée! Tu as même écrit tout l'épisode qui donne corps au récit.

GroZoeil trouve que Noémie exagère. Il pense : «Je n'ai rien fait du tout. Qu'est-ce que c'est que cette idée folle? La seule chose qui m'étonne, c'est que je ne me suis pas fait gronder cette fois-ci.»

— Tu sais quoi? fait Noémie. Un jour, je vais écrire l'histoire de ta vie. Tu es sûrement le premier chat écrivain de l'histoire du monde.

— Mi-i-i-i-i-i-i-i-iaou. (Bon, si elle insiste, je veux bien.)

Moi, un chat écrivain! J'ai bien d'autres choses en tête. La littérature, c'est vraiment pas mon domaine.

Noémie est tellement pleine d'attention pour moi, je commence à trouver ça suspect. Elle me caresse, me dorlote et puis, je l'ai eu, le coussin en mohair! (Je doute que ce soit avec ses droits d'auteure, mais enfin...) Ça m'inquiète. Par exemple, ce soir, Noémie ne voulait pas que je sorte. Quand j'ai sauté sur le radia-

teur, elle m'a lancé un regard suppliant et s'est écriée :

— Tu vas faire attention, hein ? Ne rentre pas trop tard et te casse pas le cou sur les toits !

Quelle prévenance, mon Dieu ! Comme si les chats n'étaient pas les rois de la nuit ! Avant l'histoire des monstres, elle ne faisait pas tant de manières. Et puis, moi, j'ai rendez-vous avec Daphné.

Cette nuit, on répète nos numéros de danse. Parce qu'à partir de jeudi, on donne des spectacles dans la ruelle sur le balcon vert. Si tout va bien, Daphné et moi, nous avons l'intention de former une troupe de danse itinérante. En tout cas, je m'occupe de mon avenir : je sais où me placer les pattes. À moi, le monde du cinéma et du spectacle ! D'ailleurs, je déménage à

l'Astoria avec Daphné : ce sera plus commode pour planifier nos spectacles et préparer nos tournées.

Mais je ne suis pas un chat ingrat. Un jour ou deux par semaine, je reviendrai tâter les coussins de Noémie pour voir comment elle se débrouille avec sa machine à mots.

En plus, je vais insister pour être invité à son prochain lancement. On ne sait jamais ! Si je me faisais remarquer par un producteur de films. Pour moi qui sais danser sur deux pattes et à reculons, ce serait un jeu d'enfant que d'être la vedette d'une annonce publicitaire pour la télévision, par exemple.

Il faut que j'en parle à Noémie.

Mi-a-ou...

# Table des matières

## Mot de l'auteure

Cécile Gagnon

**D**ormir le jour, courir la nuit sur les toits de la ville et danser au clair de lune, n'est-ce pas une vie de rêve?

J'avais tellement envie de la vivre cette vie de rêve que je me suis glissée dans la peau d'un chat pour raconter ses aventures. C'est ainsi que, par le pouvoir de l'imagination, on peut devenir quelqu'un d'autre. J'adore ces déguisements et, plus encore, faire partager aux lecteurs par la magie des mots les univers que j'invente.

## Mot de
## l'illustrateur
Daniel Dumont

**Q**uand je dessine, je le fais en pensant à ma fille Lola (7 ans). C'est elle mon inspiration. Elle critique souvent mon travail et me fait quelquefois changer des petits détails. **Moi, j'ai rendez-vous avec Daphné** est le quatrième volume que j'illustre pour Cécile Gagnon.

Mes amours : Pascale, Lola et Romain.

Mon rêve : Gagner le million et dessiner pour mon plaisir dans un mas en Provence.

Je gagne ma vie avec l'illustration depuis bientôt huit ans. Je dessine depuis que je suis tout petit. Je travaille en publicité, mais ce que je préfère, c'est illustrer des livres pour les jeunes. J'ai des clients surtout à Montréal, mais aussi à Toronto et aux États-Unis.

# Dans la même collection

Bergeron, Lucie,
*Un chameau pour maman*
*La grande catastrophe*
*Zéro les bécots!*

Boucher Mativat, Marie-Andrée,
*La pendule qui retardait*
*Le bulldozer amoureux*
*Où est passé Inouk?*
*Une peur bleue*

Campbell, P.A.,
*Kakiwahou*

Comeau, Yanik,
*L'arme secrète de Frédéric*

Gagnon, Cécile,
*L'ascenseur d'Adrien*
*Moi, j'ai rendez-vous avec Daphné*
*GroZoeil mène la danse*
*Une lettre dans la tempête*

Gagnon, Gilles,
*Un fantôme à bicyclette*

Gélinas, Normand,
  *La planète Vitamine*

Julien, Susanne,
  *Les sandales d'Ali-Boulouf*
  *Moulik et le voilier des sables*

Mativat, Marie-Andrée et Daniel,
  *Le lutin du téléphone*
  *Mademoiselle Zoé*

Sauriol, Louise-Michelle,
  *La course au bout de la terre*
  *La sirène des mers de glace*

Simard, Danielle,
  *Lia et le nu-mains*